LE BALLON CLOWN

Zito Camillo

Zito Camillo

LE BALLON CLOWN

Illustrations:
Wendas Lima, Margot L. Mendes & Ander Navarro

Il était une fois un ballon.
Un ballon que tout le monde
appelait Ballon-Clown.
« Ballon-Clown ! Ballon-Clown ! Il va
partout sans connaître son chemin ! »

Ballon-Clown était triste,
Car ce n'était pas un clown !
Ballon-Clown aimait juste
Faire tout ce dont il avait envie.

Ballon-Clown dansait,
Parce que danser, c' est bien.
Ballon-Clown chantait,
Parce que chanter, c' est bien.

Mais Ballon-Clown n' avait pas d' amis !

Il vivait seul, dans la solitude.

Les nuages, le vent, les montagnes,

Les fleurs, les arbres et les animaux —
Tout le monde aimait le bon Ballon-Clown.

Ballon-Clown, un jour, était très triste.
Il demanda à l' Esprit du Ciel de lui envoyer
du vent pour le faire flotter.
Quand il n' était pas entouré d' enfants
sympathiques,
Il était triste.

Mais l' Esprit se faisait du souci
Pour Ballon-Clown.
Il se mit à chercher une autre solution.

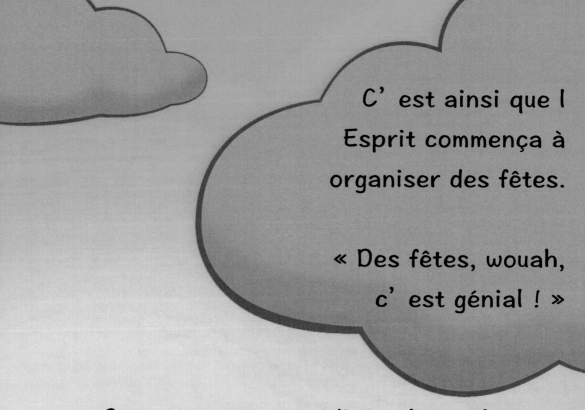

C' est ainsi que l
Esprit commença à
organiser des fêtes.

« Des fêtes, wouah,
c' est génial ! »

« On est contents », dirent les enfants.
Le Ballon n' était pas un clown,
Mais venait toujours aux fêtes
Pour les rendre amusantes.

« Oh, voilà notre ami, Ballon... Ballon ! »

« C' est notre copain », et quel copain !

« Ballon... Ballon... trop bien... trop bien. »

Ballon profitait des fêtes avec les enfants,

Il était dans son élément,

Et tellement heureux de ne plus faire le pitre !

Il s' amusait à changer de couleur :

Bleu, blanc, vert, rose, jaune et noir...

Et notre super ami,

Ballon, chantait et souriait.

Tout le monde était heureux.

Toi aussi ?

À propos de l'auteur

Zito Camillo est né à Paranagua – Paraná, au Brésil. Diplômé d'un Bachelor en Arts et Littérature, il a fait partie du Ballet de l'École de São Paulo. Après une longue carrière artistique à São Paulo, il a déménagé à Lowell – Massachussetts, où il vit encore et s'imprègne chaque jour de cette nouvelle culture. Son premier livre, DRAGON, TU Y CROIS, TOI ? a été publié en Europe, en Afrique, et en Amérique du Nord et du Sud. Il nous livre ici une nouvelle histoire touchante où l'amour dépasse la persécution.

✉ zitocamillo@gmail.com   ⊡ /zitocamillo

Je suis heureux que tu aies lu l'histoire jusqu'au bout. J'espère qu'elle t'a plu et que tu t'es bien amusé(e).

Tu veux continuer de t'amuser ?

Sur mon site, tu peux trouver les illustrations de mes livres à imprimer et colorier, et notamment des coloriages avec les personnages de cette histoire. Tu trouveras tout sur :

www.zitocamillo.com

Titre original en anglais :
Buffoon Balloon
Copyright 2021

Écrit par :
Zito Camillo

Traduit en français par :
Laura Teboul

Ilustrations :
Wendas Lima
Margot L. Mendes
Ander Navarro

Conseil éditorial
et mise en page :
André Ramiro Ferreira
@andreramiro.design

Made in United States
North Haven, CT
09 March 2023